FÜR HEIDE HELENE

Dieser Text folgt der letzten von
Wilhelm Grimm besorgten Ausgabe der
»Kinder- und Hausmärchen, gesammelt durch
die Brüder Grimm«, 7. Auflage. Göttingen, 1857.
© 1989 Nord-Süd Verlag AG, Gossau Zürich und
Hamburg. Alle Rechte, auch die der Bearbeitung
oder auszugsweisen Vervielfältigung, gleich
durch welche Medien, vorbehalten.
Gesamtgestaltung von Binette Schroeder.
Lithographiert von Photolitho AG, Gossau ZH.
Gesetzt von SchumacherGebler, München, in der
Concorde Nova, 14 Punkt, auf Berthold-System.
Gedruckt bei Proost N.V., Turnhout, auf Scheufelen,
matt, 150 g. Gebunden von Proost N.V., in Turnhout
ISBN 3 314 00336 6
1. deutsche Auflage 7000 Exemplare
Hiervon wurden 600 in einer
Vorzugsausgabe numeriert und signiert,
von Hand in Peyerleinen gebunden und
mit Schuber versehen. Nr. 1–200
ist eine signierte und numerierte
Original-Farbradierung beigelegt.
Nr. 501–600 sind hors commerce,
2. Auflage 1990

BRÜDER GRIMM

DER FROSCHKÖNIG

ODER DER EISERNE HEINRICH

GEMALT FÜR

KLEINE UND GROSSE LEUTE

VON BINETTE SCHROEDER

NORD-SÜD
VERLAG

In den alten Zeiten, wo das
Wünschen noch geholfen
hat, lebte ein König, dessen
Töchter waren alle schön, aber
die jüngste war so schön,
daß die Sonne selber,
die doch so vieles gesehen hat,
sich verwunderte, sooft sie
ihr ins Gesicht schien.
Nahe bei dem Schlosse des
Königs lag ein großer dunkler
Wald, und in dem Walde
unter einer alten Linde war
ein Brunnen:

wenn nun der Tag recht heiß war, so ging das Königskind
hinaus in den Wald und setzte sich an den Rand des
kühlen Brunnens: und wenn sie Langeweile hatte,
so nahm sie eine goldene Kugel, warf sie in die
Höhe und fing sie wieder; und das war ihr lieb-
stes Spielwerk. Nun trug es sich einmal zu,
daß die goldene Kugel der Königstochter
nicht in ihr Händchen fiel, das sie in die
Höhe gehalten hatte, sondern vorbei
auf die Erde schlug und geradezu
ins Wasser hineinrollte.

Die Königstochter folgte ihr mit den Augen nach, aber die Kugel verschwand, und der Brunnen war tief, so tief, daß man keinen Grund sah. Da fing sie an zu weinen und weinte immer lauter und konnte sich gar nicht trösten. Und wie sie so klagte, rief ihr jemand zu: »was hast du vor, Königstochter, du schreist ja, daß sich ein Stein erbarmen möchte.« Sie sah sich um, woher die Stimme käme, da erblickte sie einen Frosch, der seinen dicken häßlichen Kopf aus dem Wasser streckte. »Ach, du bist's, alter Wasserpatscher«, sagte sie, »ich weine über meine goldene Kugel, die mir in den Brunnen hinabgefallen ist.« »Sei still und weine nicht«, antwortete der Frosch, »ich kann wohl Rat schaffen, aber was gibst du mir, wenn ich dein Spielwerk wieder heraufhole?« »Was du haben willst, lieber Frosch«, sagte sie, »meine Kleider, meine Perlen und Edelsteine, auch noch die goldene Krone, die ich trage.«

Der Frosch antwortete: »deine Kleider, deine Perlen und Edelsteine und deine goldene Krone, die mag ich nicht: aber wenn du mich lieb haben willst, und ich soll dein Geselle und Spielkamerad sein, an deinem Tischlein neben dir sitzen, von deinem goldenen Tellerlein essen, aus deinem Becherlein trinken, in deinem Bettlein schlafen: wenn du mir das versprichst, so will ich hinuntersteigen und dir die goldene Kugel wieder heraufholen.« »Ach ja«, sagte sie, »ich verspreche dir alles, was du willst, wenn du mir nur die Kugel wiederbringst.« Sie dachte aber: »was der einfältige Frosch schwätzt, der sitzt im Wasser bei seinesgleichen und quakt und kann keines Menschen Geselle sein.«

Der Frosch, als er die Zusage erhalten hatte, tauchte seinen Kopf unter, sank hinab, und über ein Weilchen kam er wieder herauf gerudert, hatte die Kugel im Maul und warf sie ins Gras.

Die Königstochter war voll
Freude, als sie ihr schönes
Spielwerk wieder erblickte,
hob es auf und sprang damit
fort. »Warte, warte«, rief
der Frosch, »nimm mich mit,
ich kann nicht so laufen
wie du.« Aber was half ihm,
daß er ihr sein quak quak so
laut nachschrie, als er
konnte! Sie hörte nicht
darauf, eilte nach Haus und
hatte bald den armen
Frosch vergessen, der wieder
in seinen Brunnen hinab-
steigen mußte.

Am andern Tage, als sie
mit dem König und allen Hof-
leuten sich zur Tafel gesetzt
hatte und von ihrem goldenen
Tellerlein aß, da kam,
plitsch platsch, plitsch platsch,
etwas die Marmortreppe
heraufgekrochen, und als es
oben angelangt war, klopfte
es an der Tür und rief:
»Königstochter, jüngste, mach
mir auf.« Sie lief und wollte
sehen, wer draußen wäre,
als sie aber aufmachte, so saß
der Frosch davor. Da warf
sie die Tür hastig zu, setzte
sich wieder an den Tisch, und
war ihr ganz angst.

Der König sah wohl, daß ihr das
Herz gewaltig klopfte, und sprach:
»mein Kind, was fürchtest du
dich, steht etwa ein Riese vor der
Tür und will dich holen?«
»Ach nein«, antwortete sie, »es ist
kein Riese, sondern ein garstiger
Frosch.« »Was will der Frosch
von dir?« »Ach lieber Vater, als ich
gestern im Wald bei dem Brunnen
saß und spielte, da fiel meine
goldene Kugel ins Wasser. Und
weil ich so weinte, hat sie der
Frosch wieder heraufgeholt, und
weil er es durchaus verlangte,
so versprach ich ihm, er sollte mein
Geselle werden, ich dachte aber

nimmermehr, daß er aus seinem Wasser heraus könnte. Nun ist er draußen und will zu mir herein.« Indem klopfte es zum zweitenmal und rief:

»Königstochter, jüngste,
mach mir auf,
weißt du nicht, was gestern
du zu mir gesagt
bei dem kühlen Brunnenwasser?
Königstochter, jüngste,
mach mir auf.«

Da sagte der König: »was du versprochen hast, das mußt du auch halten; geh nur und mach ihm auf.« Sie ging und öffnete die Türe, da hüpfte der Frosch herein, ihr immer auf dem Fuße nach, bis zu ihrem Stuhl. Da saß er und rief: »heb mich herauf zu dir.« Sie zauderte, bis es endlich der König befahl. Als der Frosch erst auf dem Stuhl war, wollte er auf den Tisch, und als er da saß, sprach er: »nun schieb mir dein goldenes Tellerlein näher, damit wir zusammen essen.« Das tat sie zwar, aber man sah wohl, daß sie's nicht gerne tat. Der Frosch ließ sich's gutschmecken, aber ihr blieb fast jedes Bißlein im Halse.

Endlich sprach er: »ich habe
mich satt gegessen und bin
müde, nun trag mich in
dein Kämmerlein, und mach
dein seiden Bettlein zurecht,
da wollen wir uns schlafen
legen.« Die Königstochter fing
an zu weinen und fürchtete
sich vor dem kalten
Frosch, den sie nicht anzu-
rühren getraute, und der
nun in ihrem schönen reinen
Bettlein schlafen sollte.
Der König aber ward zornig
und sprach: »Wer dir geholfen
hat, als du in der Not warst,
den sollst du hernach
nicht verachten.« Da packte
sie ihn mit zwei Fingern, trug
ihn hinauf und setzte ihn
in eine Ecke.

Als sie
aber im Bett
lag, kam er ge-
krochen und
sprach: »ich bin
müde, ich will
schlafen so gut
wie du: heb mich
herauf, oder ich
sag's deinem Vater.«
Da ward sie erst
bitterböse, holte ihn
herauf und warf ihn
aus allen Kräften
wider die Wand: »nun
wirst du Ruhe haben,
du garstiger Frosch.«

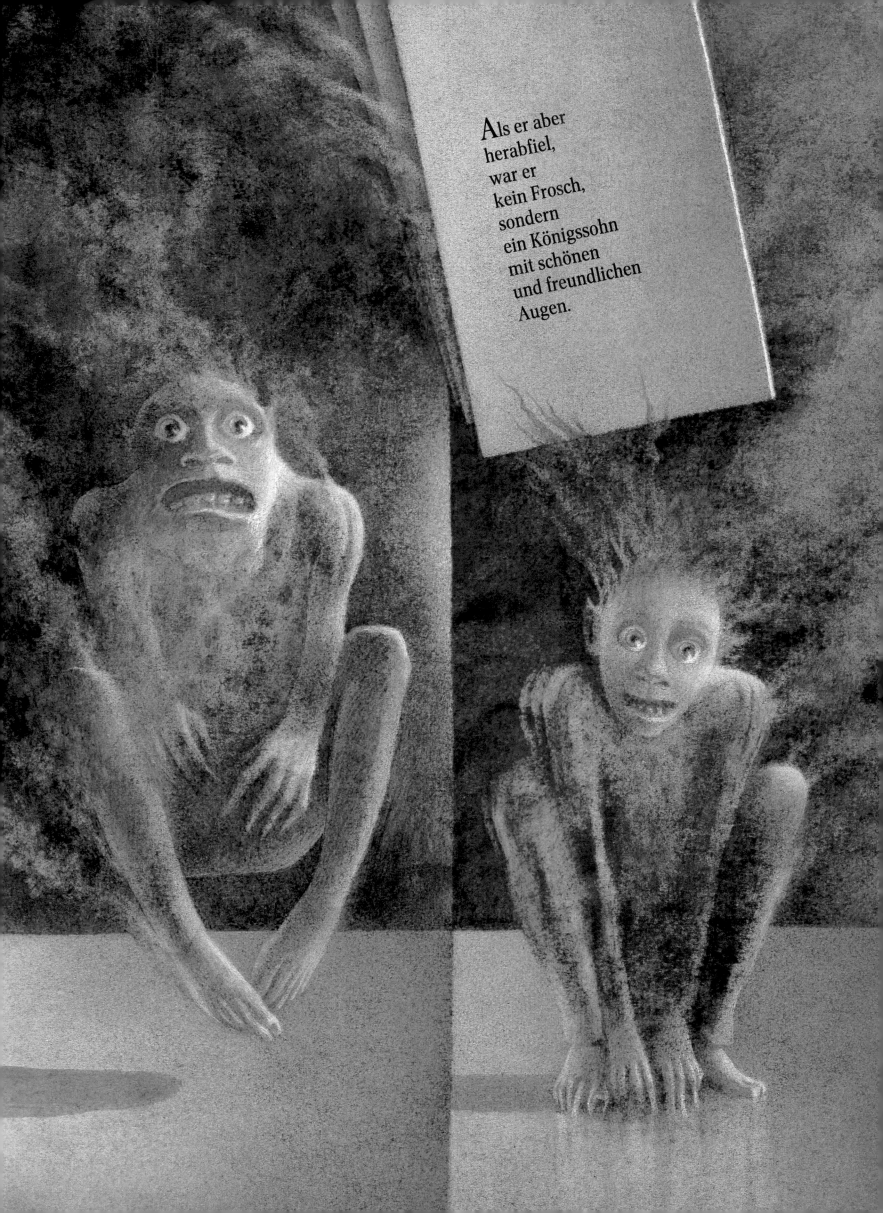

Als er aber
herabfiel,
war er
kein Frosch,
sondern
ein Königssohn
mit schönen
und freundlichen
Augen.

DER WAR NUN NACH IHRES
VATERS WILLEN IHR LIEBER
GESELLE UND GEMAHL. DA ER-
ZÄHLTE ER IHR, ER WÄRE VON EINER
BÖSEN HEXE VERWÜNSCHT WORDEN,
UND NIEMAND HÄTTE IHN AUS DEM
BRUNNEN ERLÖSEN KÖNNEN ALS SIE ALLEIN,
UND MORGEN WOLLTEN SIE ZUSAMMEN IN SEIN
REICH GEHEN. DANN SCHLIEFEN SIE EIN,

und am andern Morgen, als
die Sonne sie aufweckte,
kam ein Wagen heran-
gefahren mit acht weißen
Pferden bespannt, die hatten
weiße Straußfedern auf dem
Kopf und gingen in gol-
denen Ketten, und hinten
stand der Diener des jungen
Königs, das war der treue
Heinrich. Der treue Heinrich
hatte sich so betrübt, als sein
Herr war in einen Frosch
verwandelt worden, daß er
drei eiserne Bande hatte um
sein Herz legen lassen, damit
es ihm nicht vor Weh und
Traurigkeit zerspränge. Der
Wagen aber sollte den jungen
König in sein Reich abholen;
der treue Heinrich hob beide
hinein, stellte sich wieder
hinten auf und war voller
Freude über die Erlösung.

Und als sie ein Stück Wegs
gefahren waren, hörte der
Königssohn, daß es hinter
ihm krachte, als wäre etwas
zerbrochen. Da drehte er
sich um und rief:

»Heinrich, der Wagen bricht.«
»Nein, Herr, der Wagen nicht,
es ist ein Band von meinem Herzen,
das da lag in großen Schmerzen,
als ihr in dem Brunnen saßt,
als ihr eine Fretsche (Frosch)
                            wast (wart).«

Noch einmal und noch einmal
krachte es auf dem Weg, und
der Königssohn meinte immer,
der Wagen bräche, und es waren
doch nur die Bande, die vom
Herzen des treuen Heinrich ab-
sprangen, weil sein Herr erlöst
und glücklich war.